EMMA BAUGÉ

a Sente d'Ombre

La Sente d'Ombre

EMMA BAUGÉ

La Sente d'Ombre

1914-1916

DIJON

IMPRIMERIE DARANTIERE

13, RUE PAUL-CABET, 13

EMMA BALOÿE

La Sente d'Ombre

A MA FILLE

NOS TOUT PETITS

Nés d'un baiser ils sont charmants
Nos tout petits aux lèvres roses,
Ils vont, leurs petons trébuchants,
Riant et brisant toutes choses.

Nos tout petits ont les yeux bleus
Ou noirs, ou gris, que nous importe,
Puisque le bonheur derrière eux
Tout doucement frappe à la porte.

Lorsqu'ils tendent leurs frêles bras
Pour une caresse légère,
Que nous soyons tristes ou las
Aussitôt fuit la peine amère.

Prenant des airs de potentats
Pour bredouiller leur doux langage
Si nous partageons leurs ébats,
Ils nous font désirer leur âge.

1

Ils savent rire et pleurer
En même temps, car leur détresse
Ne résiste pas au baiser
Que maman donne avec tendresse.

Lorsque dans leurs petits berceaux,
Ils dorment nus, roses et frêles,
Ils sont mystérieux et beaux.
Ce sont des anges sans leurs ailes !

Et nous restons là, longuement
Songeant que la vie est brutale,
Qu'il faut un souffle seulement
Pour faner la fleur sans égale.

Mais eux, s'éveillant gais et doux,
De leurs grands yeux nous font risette.
Alors chassant nos pensers fous
Très vite nous perdons la tête ;

Et ce sont des baisers, des cris,
Des minutes délicieuses,
Où nos petits enfants chéris
Rendent leurs mamans bien heureuses.

Mais nous ne voulons pas penser
Qu'ils seront grands comme leurs pères,
Méchants ou bons ; pourquoi briser
L'illusion aux cœurs des mères !...

LA PAGODE DE DA-KAO

La lourde porte s'est ouverte. — Nous entrons
Silencieux, le cœur étreint de lents frissons.
Au dehors, c'est la vie. — Ainsi qu'un doux poème
De couleurs, il fait gris et rose. — Je vous aime
Frêles toits découpés dans les bois odorants,
Vous qui semblez gardés par des dragons troublants,
Et qui n'êtes qu'abris charmants, mièvres et frêles
Au « Passé » dont je sens palpiter les deux ailes.
Tout le ciel est chassé du mystique tombeau.
Le seuil passé, je peux revivre par lambeau
L'histoire de ces dieux, grands boudhas de chimère.
L'un roule des yeux blancs ; et sa grimace amère,
Son long sabre de bois, vaguement argenté,
Me font en souriant songer à toi, Poucet !
Un autre, énorme, affreux, prêt à rugir, me semble
Un vieux monstre enfantin fait pour Bébé qui tremble.
Ils sont accroupis là, ridicules, hideux,
Ayant d'immenses bras et de très longs cheveux.
Épouvantails qui sont des monstres dans cette ombre.

J'avais peur ; chaque pas en augmentait le nombre ;
Et j'ai fui, vers l'autel de luxe éblouissant
Dont les dorures font un effet triomphant.
Fouillé, sculpté bien plus qu'une fine dentelle
L'autel nous a semblé merveilleux et fidèle.
L'artiste a reproduit, inhabile parfois,
L'histoire de son peuple et ses barbares lois.
C'est pourquoi, plein d'horreur, j'ai vu d'affreux sup-
Et les préparatifs d'atroces sacrifices !   [plices ;
Partout, de la souffrance et des affres de mort.
N'est-ce point ces martyrs qui gémissent encor
Dans les ténèbres, dans les forêts, sur les routes !
Nos pas lourds troublent seuls le silence des voûtes ;
Et du terrible Enfer au Ciel nous cheminons
Ayant les yeux emplis d'affreuses visions ;
Puis, c'est le calme saint, endormi de l'église,
Un parfum flotte encor qui lentement nous grise ;
Et je ne sais pourquoi j'aurais voulu prier
Devant ces boudhas lourds et vieux. — Sans effleurer
Le porche éblouissant de ce séjour étrange
Nous sortons ; il a plu, le sol est fait de fange.
Tout est morne, tandis que lentement le soir
Ensevelit les toits sous son lourd manteau noir.

                    Saïgon.

CRÉPUSCULE

Au pas de nos petits chevaux,
Nous cheminons ; la sente grise
S'enroule en d'infinis anneaux
Que le torrent ravine et brise.

Nous allons, muets. — Il fait doux ;
Le soleil s'épand en traînées
Parmi les pins, les arbres roux,
Les herbes dures et fanées.

Encor un détour, nous grimpons
Ces monts presque inaccessibles,
Avec l'orgueil et les frissons
Des vainqueurs et des invincibles.

Un ruisselet chantonne un peu
Comme une femme caressante.
Le ciel est infiniment bleu ;
Et la senteur des fleurs troublante.

Or, la clarté soudain n'est plus ;
Du gouffre monte l'ombre dense ;
Elle nous étreint ; éperdus,
Nos cœurs sont crispés de souffrance.

Les oiseaux se taisent craintifs,
La nuit s'étend enveloppante.
Nos chevaux s'en vont plus hâtifs,
Et la biche s'enfuit tremblante.

C'est le crépuscule divin
Inconnu du monde ; les choses
Ont pris les senteurs du matin,
Des teintes d'ambres et de roses.

C'est l'heure des fauves. — Sanglant,
Sur la proie alors déchirée,
Le tigre s'étire, semblant
Enfin lassé de sa curée.

Nous passons sans le voir ; mais lui,
Surpris, nous surveille dans l'ombre.
Les arbres ont à l'infini
Toute la gamme du vert sombre.

Nous n'entendons plus rien. Longtemps,
Pas à pas, nous allons, fantômes,
N'osant pas mesurer le temps,
Dans la belle nuit, loin des hommes !

Nous sommes les amants apeurés du silence !..

1914 Djiring (Annam).

SA VENUE

Peut-être viendra-t-il vers moi, la main tendue,
Souriant de me voir en l'attente éperdue.
Doux, ainsi que le fait mon rêve ; et triomphant
Parce qu'il aura bu mon baiser frémissant
A l'heure des oiseaux jolis. — En des extases,
Seuls tous deux, nous dirons les adorables phrases
De l'Amour. — Lentement pour les mieux murmurer
Nous unirons nos cœurs en un chaste baiser.
Il aura dans les yeux la douceur ; sur les lèvres,
La caresse qui fait l'apaisement des fièvres.
Pour le mieux regarder mon doux Prince Charmant
J'entourerai son col de mes deux bras d'enfant ;
Et resterai blottie ainsi sur son épaule.
A quoi bon prononcer une vaine parole !
Je clorai ses beaux yeux d'une timide main
Afin de ne plus voir son regard trop lointain
Empli des souvenirs du « Passé » que j'ignore,
Dont j'ai peur. — Tendrement pour lui redire encore
L'éternelle chanson de mes sens amoureux,

Je voudrai tout l'amour de son cœur généreux ;
Et, plus femme qu'enfant, je trouverai l'ivresse
A le servir ayant un regard pour caresse.
Parfois, il daignera me dire ses tourments,
Ses chagrins, les ennuis de ces tristes moments
Où l'on est seul, tout seul en la gaîté du monde.
Pour lui, je trouverai la parole profonde
Qui fait l'apaisement, le geste maternel,
Qui chasse le chagrin et le désir charnel.
Si le triomphe met des fleurs en sa carrière,
Ralentissant un peu je veux être en arrière
Afin de prévenir un faux-pas dangereux,
Joyeuse d'être là, tendant mes bras heureux
De soutenir un peu sa tête endolorie ;
Et j'aurai pour fermer sa paupière chérie
Des lèvres douces plus que des lèvres de fleur.
Son sommeil sera bon, long et réparateur ;
Et son éveil bercé par ma tendresse active,
Je ne veux point le voir l'âme lasse et plaintive.

Oh le rêve d'amour ! pour tous le bonheur chante ;
Je pense à lui ce soir ; ma prière fervente
Le fait bon, le fait beau, très doux et généreux ;
Et je l'aime... voulant qu'il soit toujours heureux.
Mon cœur impatient appelle sa venue
Qu'il fera souriant, vers moi la main tendue !

NOSTALGIE

J'ai le souvenir des soirs doux,
Calmes et bleus de la Provence ;
Soirs apaisés ; toute souffrance
S'enfuit du cœur du plus jaloux.

L'ombre prend le coteau ; la brume
Monte en buée au pied des monts.
Là-bas, dans les chaumines, fume
Le genêt d'or ; assis en ronds
Autour de la margelle basse,
Les vieux dissertent ; les petits
Se chamaillent pour quelques nids
Qu'ils ont dérobés. — La voix lasse,
Une grand'mère à cheveux blancs
Et noir tablier de futaine,
Tout en tricotant sa mitaine,
Leur rappelle ses jeunes ans.
Là, sous le porche de l'église
Un aveugle marmotte encor

Sa même plainte ; l'astre d'or
S'éteint sur les vitraux. — La frise
Garde le nid des oiselets
Qui reviendront à tire d'ailes
Gazouiller d'amoureux secrets,
Pèlerins du printemps fidèles.
Les sonnailles sur la colline
Se répondent, et les bergers
Avec leurs grands bâtons d'épine
Chassent les troupeaux des vergers ;
Et c'est le calme reposant
Des amours vrais. — Joie alors saine
Tout moissonneur est un amant
Dédaigneux d'existence vaine.

Pour moi, je songe en mon exil
Au charme doux de ma Provence ;
Et ce m'est une décevance
De n'y pas voir fleurir avril !

                          Saïgon.

BONHEUR

Le vrai bonheur c'est ta présence,
Toi qui fais le logis charmant,
Qui m'épargnes toute souffrance,
Qui m'aimes tant tout comme avant.

Les heures glissent. — De ta bouche
Tombent des mots réconfortants ;
Et mon cœur se retient farouche
A ton cœur ! Mes bras défaillants

Voudraient de tes frêles épaules
Garder l'empreinte ! De tes yeux,
De la douceur de tes paroles
Vivre toujours ! — Je suis heureux !

Heureux ! tandis que l'heure sonne,
Que le jour meurt ou qu'il renaît ;
Ton âme si tendre, si bonne
Comme mon amour l'attendait !

14 JUILLET

Où sont nos beaux étés de France ;
Et l'or rutilant des moissons.
Les chants d'oiseaux dans les buissons :
Et les lourds pampres d'abondance ?
Les blondes filles aux flancs forts
Qui, le faix d'herbe sur l'épaule,
Rentrent au logis sans parole,
Mais l'âme ardente. — Aux espoirs morts
Il faut un azur clair, intense :
Et l'on a sous le ciel de France
Plus de courage pour souffrir ;
Personne ici ne peut m'offrir
Une gerbe de blanches roses.

Où sont nos bergers, doux poètes,
Qui, le soir, s'en vont par les monts,
Quand leurs troupeaux dorment en ronds,
Disant des rimes discrètes.

Les ruisseaux que l'on passe en bacs ;
Et le grand silence des choses
Sur les ponts verdis, près des lacs !
Pourquoi, n'avons-nous pas aussi
Des grappes de vendange brune,
Des nuits pleines de clair de lune
Magiques tant ; et puis, ainsi
Que là-bas des fêtes joyeuses
Où les petiots, dans les hameaux,
Dansent au son lent des pipeaux
Devant les grand'mères rieuses.
Pourquoi ces vains regrets ? Ce jour
De juillet vécu loin de France
Ne doit point être décevance ;
Et le roulement du tambour
Éveillant notre âme gauloise,
Sous le soleil nous cherchant noise,
Dit, la « Force », qui fait venir
Les Races rudes d'Avenir !

Saïgon.

SOIR DE SAIGON

Le fleuve est fait d'argent, et sur les berges sombres
Les jonques ont posé l'ampleur d'énormes ombres.

Mille points lumineux captés à l'horizon
Échangent leurs clartés en scintillant frisson !

Ce sont des signaux bleus et des milliers d'étoiles.
Au fil de l'eau, des mâts nombreux mais point de voiles.

Les sampans glissent, noirs, étranges et furtifs,
Ils semblent arrachés par un monstre aux récifs

Lointains. Là, joliment les mièvres Japonaises
Cherchent, le soir venu, l'oubli d'heures mauvaises ;

Et les civilisés au teint pâle, au cœur lourd,
Lourd de chagrin, d'ennui voudraient ainsi, le jour,

2

Rêver, corps assoupi, l'âme dolente et lasse.
L'apaisement se fait et toute douleur passe !

Beau soir, soir enchanté, mystérieuse fleur,
Toi par qui le baiser est exquise langueur,

Voluptueux décor de féerie, aux âmes
Des exilés sois bon ! De caresses de femmes

Peuple-toi, leur créant du bonheur, du repos ;
Et, soit qu'ils soient bercés par la douceur des flots,

Soit qu'ils soient attardés sur les berges ombreuses
Fais que leurs âmes soient par toi des bienheureuses !

Saïgon.

FLIRT.

Ils se sont rencontrés au dernier bal. — Je crois
Qu'ils ont bien dû danser ensemble au moins trois fois ;
Que Madame valsait fort bien, rieuse et blonde ;
Et que lui ne voyait plus qu'elle par le monde,
Lascifs, ils ont tourné très longtemps. Au matin,
Madame a dit bonsoir !.. au Monsieur, c'est certain.

Puis, ils se sont revus. Le hasard, chose drôle,
A fait dire à Monsieur une tendre parole.
Le parc étant profond, ils se sont promenés
Lentement ; elle, ayant mots désillusionnés,
Gros soupirs, vains regrets, lui des désirs, Madame
Avait en le quittant quelque trouble dans l'âme.

Et les jours ont passé. Parfois les yeux moqueurs
De Monsieur se changeaient en longs regards frôleurs,
Furtive, de leurs mains, la caresse légère
A su vite chasser toute morale austère ;

Et parce qu'ils rêvaient en la langueur du jour
Ils ont enfin osé se parler bas d'Amour.

Monsieur étant pressant, Madame était tremblante
N'osant pas écouter la prière charmante,
Baissait craintivement ses longs cils, mais ses yeux
Ne voulant pas le voir... ne le voyaient que mieux.
Enfin ! elle n'était, après tout, point farouche ;
Lui cueillit longuement, les roses de sa bouche.

Mais, le rêve a pris fin, hier, tout simplement,
Parce que ce jeu-là n'était que d'un moment ;
Et puis, Madame était très lasse. — Je suppose
Que tout autre baiser tente sa lèvre rose.
C'est pourquoi désormais, ils s'ignorent. Je crois
Qu'ils n'ont pas dû danser ensemble d'autres fois...

Et que se rencontrant, elle, le trouve vieux,
Disant distraitement : « Ah ! tiens, bonjour Monsieur ! »
Et que lui, méprisant en elle toute femme,
S'incline, souriant : « Mes hommages, Madame ! »

Saïgon.

NOCTURNE

L'auto qui fuit, nous emportant
Dans la belle nuit caressante,
Fait notre marche triomphante,
Et cet inconnu plus troublant.

Le phare prend l'ombre épaissie,
D'où, vers la lumière, s'en vont
Les insectes tapis au fond
De l'herbe menue et roussie.

La route de moire s'étend
Argentée et comme lointaine ;
Et notre course folle amène
Vers nous l'infini firmament.

Nous allons, fantastiques, tels
Des héros de folle chimère.
Broyant la nuit et son mystère
Demi-dieux, quoique tous mortels.

Au seuil de la forêt, la plainte,
Les cris des frêles oisillons,
Font songer avec des frissons
Au crime, à la force, à la crainte.

La brise fraîche, si taquine,
Flotte en vos voiles nuageux ;
Puis, parmi vos si blonds cheveux
Détache la frise mutine !

Au loin, les gnômes loqueteux,
Les noirs farfadets des rizières
Nhaqués ayant toutes misères
Se dressent farouches, peureux.

Tandis que grisés de vitesse
Nous fuyons toutes les beautés
Des nuits chaudes, sérénités
Qui seules font naître l'ivresse !

LA SIESTE

Il fait chaud ! Tout se tait. Prenant des airs moroses
Les petites maisons lentement se sont closes !

Des pousses attardés, rentrent vides. Déserts
Les jardins sous le ciel n'ont plus leurs arbres verts.

Une lente agonie au sein des choses tremble,
La vie est arrêtée en plein le jour. — Il semble

Que le Destin brutal, d'un geste de faucheur
Ait étouffé les chants et glacé chaque cœur !

Le passant marche las. La cité du silence
Pèse à son âme ainsi qu'une désespérance.

Mais il est l'étranger... Et les stores poudreux
Cachent jalousement des mystères joyeux.

Le soleil mord en vain les trottoirs et la route ;
Il n'est plus l'ennemi mortel que l'on redoute.

On rit de ses ardeurs, sous les baisers troublants
Parce que l'on connaît un éternel printemps.

Saïgon.

LE COFFRET

Je l'ai retrouvé tout au fond
D'un vieux meuble gris de poussière ;
Et j'ai cru voir danser en rond
Les jours d'espoir et de misère.

Ces jours lointains, où tout est doux,
Où tout est beau, puisque l'on aime,
Les jours méchants, les jours jaloux
Emplis d'une souffrance extrême.

Je l'ai rouvert timidement
Ce coffret empli de mystère ;
Et j'ai retrouvé le serment
Que me fit jadis l'âme chère.

Les mots jolis d'amour menteur,
La trace des larmes versées ;
Tout ce qui m'avait pris le cœur,
Toutes les choses insensées !

En vain j'ai cherché quelque émoi
Tout me semble écriture morte ;
Et vraiment est-ce bien à moi ?
Pour m'indifférer de la sorte ?

J'ai beau croire encor au passé,
Puis me bercer à son murmure
L'Amour est loin ! l'esprit lassé ;
Je n'en sens que la moisissure.

Tristement, j'ai remis au fond
Du vieux meuble gris de poussière,
Le coffret qui sait tout au long
Mon fol espoir et ma misère !

LE BAIN

Cinq heures. — Je m'étends sur le sable et je rêve,
Alanguie, au bonheur de ce jour qui s'achève,
Je sens mon faible cœur palpiter et je crois
Que je ne vivrai point encor de tels émois.
Le sable est chaud ; on va, pris à chaque cheville ;
Vous avez l'air de vieux, s'aidant d'une béquille,
Et je ris de vous voir faire fuir en marchant
Les crabes éperdus, vers le flot bleu chantant.
La vague, lourde au loin, s'affine vers la rive :
C'est comme un bruissement, une chanson plaintive,
Elle semble apporter toute la force, puis
N'en pouvoir plus et s'effondrer. — Les rochers gris
Posés de loin en loin en caprice bizarre
Ont l'air de cartons peints, d'une teinte si rare
Qu'ils sont sous le soleil, lumineux, rutilants,
Et dans la brume, ternes ou noirs, tant effrayants
Qu'eux, les amants des flots, sont comme une épouvante,
Tandis que le grand vent rugit dans la tourmente.
Or, ce soir, il fait doux, un nuage doré

Est un écran au chaud soleil exaspéré.
En nous donnant la main, vers la grande amoureuse

Nous allons. Quel bon bain ! Ah ! que je suis heureuse !
Que c'est froid ! Ce premier baiser des flots si bleus
Qu'ils semblent un décor magique, chû des Cieux !
Que c'est doux ce frisson que nous donne la vague
Dont l'écume se frange de coquillages, d'algue ;
Et tandis qu'on se veut tout doucement bercer,
L'esprit comme le corps devient léger, léger ;
On est inexistant, on est joyeux ; la rive
Ne nous rappelle plus que la peine de vivre !

Mais quoi ! Lasse, la mer ne veut plus dans son sein
Des hommes. — Elle aura, mécontente, à dessein
Pris au large brumeux des vagues en furie :
La voilà qui bondit ; de la barque périe
En mer, ces jours derniers, elle jette les bois
Sur la grève, ainsi qu'un défi. — Viens ! Je crois
Qu'il ne faut pas braver sa colère subite,
Je crains pour toi, viens donc. Si drôle est notre fuite
Que je ris ! et le flot qui nous chasse jaloux
Ne saurait empêcher nos sauts de jeunes fous,
Sauvons-nous ! Vois, la mer nous poursuit furieuse ;
Mais avec toi, je n'ai pas peur ! Je suis heureuse.

Cap Saint-Jacques (Cochinchine).

AVIGNON

Le front ceint de créneaux, les flancs larges et forts,
Belle fille aux yeux noirs dont tout l'être frissonne
Fière amante, acceptant les caresses du Rhône,
De la Provence elle est l'espoir en ses transports,

Par elle, la Beauté rayonne. — Ses pilastres,
Ses ogives, ses bois, ses portiques fouillés,
Merveilleuses splendeurs, dans les soirs étoilés
Semblent coulés de l'or qui ruisselle des astres !

La bise âpre n'est plus qu'un soupir amoureux
Qui sème en Avignon, au seuil des portes closes,
La senteur des lilas et des mourantes roses,
Tandis qu'au loin, les monts se profilent neigeux.

Les moissons, à ses flancs, se mûrissent en gerbes ;
Les faux grincent en Juin, comme les cigalons ;
Et l'écho frémissant, redisant leurs chansons,
Clame cette beauté : le grain germé des herbes !

Sereine en sa grandeur, des souvenirs sanglants
Elle tourne la page au livre de l'histoire ;
Et voulant oublier cette épouvante noire
Se penche tendrement vers ses jeunes enfants.

Car il est des héros, des peintres, des poètes
Pour lesquels le destin voulut un tel berceau :
Un rayon de soleil et puis un grand morceau
D'azur; pour le combat ces âmes étaient prêtes.

Ils entraient : et vers eux les lauriers triomphants
Se tendaient ! Ayant pris le monde pour arène
Ils chantaient longuement la Provence sereine
Et leur bel Avignon, ces glorieux enfants !

La Provence d'azur où les mille cymbales
Des cigales dans août font un concert joyeux,
Les vendanges et les vieux oliviers noueux
La Provence d'Amour, ses filles sans égales !

La Provence d'hier et celle de demain ;
Arles, la nonchalante avec ses nécropoles,
La Provence dont l'air donnait à leurs paroles
Des douceurs de soupir et des échos d'airain !

PRIÈRE

L'eau de la vasque s'exaspère
D'avoir jusqu'au cœur la lumière
Et l'or du couchant en poussière!

Trop de rayons, dont la clarté
Dévoilant au jour sa beauté
Profanent sa sérénité;

Et semblable à l'eau de la vasque
Toi, dont j'ai déchiré le masque
Minerve sans glaive, sans casque!

Déesse au port impérieux,
Dont les gestes silencieux
Me laissent toujours anxieux!

Femme! meilleure d'être femme,
Pourquoi me caches-tu ton âme,
Éteins-tu ton regard de flamme?

Tes flancs sont forts, tes seins sont beaux ;
Et tes aisselles des arceaux
Où les parfums sont des tombeaux.

Ta bouche m'est voluptueuse,
Du fond de ta gorge fiévreuse
Monte la plainte douloureuse.

Je voudrais en mes bras virils
T'étreindre comme les plus vils,
Tuer tes rires puérils !

Ne plus te connaître distante
En ta chair calme, consentante,
Mais folle, farouche, vibrante.

Que ce soit moi, l'homme puissant
Qui prenne sur ton sein charmant
Le repos pâmé de l'amant ;

Et que sur tes lèvres mutines,
Tes mains aux transparences fines
Meurent des senteurs de glycines !

AUTOMNE

Autrefois, il glissait vers nous, dans l'aube grise,
Le bel automne roux, silencieux et fier :
Mettant de l'or aux nids, des mousses à la frise :
Oublié de demain, passant charmeur d'hier !

Les feuilles, mais c'étaient pour nos pensers moroses
Des âmes, je revois leur envol indécis,
Et j'entends en écho, pauvres petites choses,
Leurs derniers froissements sur les chemins durcis.

Il semble que le bois soit une nécropole.
Tout se tait, au travers des arbres défeuillés
Un coin d'azur ; et puis la sanglante auréole
Qu'un splendide couchant met aux monts endeuillés.

Et c'est doux et c'est beau, cet éternel poème
De roses fleurissant malgré la mort de tout,
De pampres lourds de fruits, malgré l'aigre blasphème
De la bise qui geint et qui pleure partout.

3

A petits pas l'on va, puis l'on songe. L'ivresse
De se sentir tout seul au séjour merveilleux
Vous alourdit le cœur d'une lente tristesse ;
Et l'on souhaite alors d'être déjà des vieux.

De ceux qui sont courbés sur le bâton de chêne,
Et qui rêvent au seuil des chaumes, sans frisson,
Ayant dans le regard la douceur que ramène
L'Automne, sa beauté, dans un calme horizon.

Mais c'était autrefois. J'attends en vain l'approche
Du grand souffle attiédi par tout l'été brûlant
Il ne reviendra pas ! Dort-il sous quelque roche
Ou craint-il d'effeuiller la fleur du flamboyant (1) ?

Autrefois, il glissait vers nous doux et discret.
J'en garde au fond du cœur un languide regret.

Saïgon.

(1) Flamboyant, arbre de Cochinchine.

INTÉRIEUR

La porte du jardin fermée
Tout le bonheur enclos chez nous,
Nous restons tous trois et c'est doux
Votre présence bien-aimée !

Mes deux chéris que j'aime tant,
Vous, le compagnon de ma vie,
Qui la faites douce et bénie ;
Et toi, mon tout petit enfant ;

Mon ange dont le rire frêle
Trouve un écho dans nos cœurs las ;
Et dont les roses et doux bras
Ont de tièdes caresses d'aile !

Tandis que le soir lentement
Glisse dans les branches, folâtre,
L'Amour s'installe au coin de l'âtre
Et nous taquine gentiment.

Il pleut du ciel des lucioles ;
Or, nous nous taisons gravement
Goûtant le charme du moment
A quoi bon de vaines paroles !

Notre enfantelet à genoux
Construit des châteaux de chimère.
Je songe qu'en mon cœur de mère
J'en ai fait si souvent pour vous

De ces édifices de sable
Qu'un souffle jette brusquement
A terre. Que sont dans le vent
Les projets d'avenir instable ?

Que sera demain ? Le bonheur
Est votre présence chérie ;
Et sous la charmille fleurie
Vos cœurs qui battent sur mon cœur.

LE MUR

Au théâtre antique d'Orange.

Le pâtre qui chantait s'est tû sur la colline,
Et lourde de senteur recueillie en passant
La « Nuit » pâle s'unit d'un baiser frémissant
Au « Grand Mur » qu'elle emplit de son ombre divine.

Séjour mystérieux! Ces marbres ont des âmes
Qui se parlent tout bas des choses du Passé,
Aux fentes du granit, le Rêve met des flammes,
Tandis qu'en souriant se lève la « Beauté »

Ses ailes lentement éveillent les décombres;
Et les siècles dressés frémissent dans le vent!
Le silence est peuplé de longs soupirs! Les ombres
Des Muses vont ce soir, ceintes de firmament

La voix lasse du Temps s'élève des colonnes
Et redit les exploits des superbes vainqueurs.

O poètes! pour vous, je tresse des couronnes
Que vous ceindrez joyeux parmi l'or des splendeurs.

Des barbares ont mis des pierres sur des pierres,
Or, voici que la vie animant ces débris,
Pose au flanc du » Grand Mur » des frondaisons de
Des caresses de fleurs et des chansons de nids. [lierres

O vous! vous qu'un destin auguste et bon fit naître
Précurseurs qui venez dans l'antique Séjour
Parlez! de vos voix d'or faites enfin connaître
La beauté de vos chants, de vos hymnes d'amour

Chantez! le peuple veut pleurer avec son âme;
Chantez! chantez encor et que le large vent
Emporte jusqu'aux cieux la voix qui vous acclame!
Chantez ou sanglotez la terreur du tourment

Le peuple écoutera dans un profond silence
L'hymne de vos regrets ou de vos doux espoirs.
Chantez! chantez! Pour vous des ailes d'espérance
Chassent dans le lointain, les nuages trop noirs.

Phoïbos de son char est descendu. C'est l'heure
Où la fleur chastement accueille les rayons
Où l'oiselet surpris par la langueur demeure
Sur le bord de son nid, ainsi que nous rêvons.

Tandis que tout se tait, j'entends les voix suaves
Des nymphes dont le front est couronné de fleurs
Les déesses vers nous de leurs pas lents et graves
S'en viennent pour chanter ces soirs triomphateurs.

Or sur tous les parfums qui montent de la sente
Nos yeux laissent tomber des larmes de bonheur.
La Poésie est là ! C'est pour toi qu'elle chante
O peuple ! écoute donc et livre-lui ton cœur.

Regarde ! sur le « Mur » la vaporeuse frange
Des voiles de la « Nuit » met comme un frisson d'or
Ma faible voix s'unit à ton vibrant transport
Salut ! trois fois salut au « Théâtre d'Orange » !

RENOUVEAU

Prenez mon bras. — La nuit est douce. Tout sommeille.
Nos pas si chancelants seront plus sûrs. — Demain
Je ne pourrai presser votre tremblante main
Et vous serez encor seulette sous la treille !

Penserez-vous encor à nos amours légers
Faits de vos rires gais et de mes fous baisers !
Regardez bien, c'était hier... Vous étiez blonde
Si blonde, que les blés semblaient moins mûrs ; et l'onde
Vous renvoyait jolie et fraîche. Je t'aimais
Passionnément, mais toi, coquette, tu riais
Te jouant de mon cœur, ce pauvre cœur farouche
Qui se fondait ainsi qu'un fruit mûr sous ta bouche.
Que de fois tout l'espoir me grisant, près de toi
Ne pouvant plus cacher mon fol et doux émoi
Je prenais en mes bras ta chère tête frêle !

Mes baisers s'y posaient en des caresses d'aile
Et tu t'abandonnais pour te reprendre alors
Que mes doigts frémissants, amoureux, aux trésors
De ta gorge cueillaient les roses merveilleuses !
Tu fus l'ange faisant toutes mes nuits heureuses,
Un peu de ton jupon était tout mon bonheur ;
De t'avoir là, tout près, c'était trop pour mon cœur.
J'avais mal... Je t'aimais comme on aime sa mie
Lorsque l'on a vingt ans, que l'on croit à la vie,
Puis, ce fut ton départ au bras d'un amoureux ;
Plus rien, qu'un souvenir exécré. — Malheureux
J'ai pleuré, j'ai râlé ma douleur et ma rage,
Mais je n'ai pu chasser de ma chair ton image.
Longtemps j'ai revécu ma courte joie. — Enfin,
Parce que j'ai souffert assez, vois, ce matin,
Je reviens te trouver comme un enfant malade
Et je ne me souviens plus de rien. — Camarade
Je ne suis près de toi qu'un lambeau de douleur
Qui mérita, vois-tu, jadis, un sort meilleur.
La neige des hivers, en vain poudre nos têtes
On trouve bien meilleur les choses désuètes,
L'espoir fragile plus parce que l'on est vieux,
Et qu'ayant bien souffert, on sait les goûter mieux.
Tiens, pose sur mon bras ta tête si lassée
Que tes yeux se cloront tout seuls ; et si baisée
Ta chair en frissonnant se ressouvient un peu :
Fais-moi la charité de notre ciel plus bleu.

LA SENTE D'OMBRE

Parle-moi doucement, chère, si chère femme,
Nos rides ne sont plus. Je te pardonne encor
Je vois tes grands yeux noirs, la chevelure d'or ;
Et je t'aime encor plus que jadis, ô mon âme !

AU JARDIN

Passant, assieds-toi là, sur le vieux banc de pierre,
Les fleurs neigent sur nous, t'inondant de parfums
De pétales, le ciel te verse sa lumière,
Laisse tomber l'oubli sur tes chagrins défunts !

Vois la brise n'a pas encor bu la rosée
Des lys ; les mousses ont des teintes de velours.
Les liserons ont mis au long de la croisée
Comme un enlacement d'immortelles amours.

Vois, nous vivons tous deux des heures lumineuses
Parce que le soleil entre à flots dans nos cœurs
Parce que nous aimons les aubes radieuses
Tout le printemps fleuri, la vie et ses splendeurs.

Qu'importe qu'au delà de notre seuil, le monde
Soit injuste et cruel, nous l'ignorons ; ici
Toute sérénité prend le cœur et l'inonde ;
Et garder l'avenir est notre seul souci.

Oh ! vivre très longtemps nos belles nuits sereines
Où la clarté des cieux éteint les vers luisants,
Où les Elfes s'en vont aux marbres des fontaines
Folâtrer, gracieux et fugitifs amants !

Oh ! passer de longs jours unis dans la demeure
De joie, au sein des fleurs avec le souvenir
De son premier baiser, dont la saveur demeure,
Et ne quitter cela que pour nous endormir !

POUR VOUS

Pour vous que j'aimais, vingt fois j'ai rêvé
Ciseler mon âme et, pure merveille,
Pouvoir vous l'offrir, sans autre pareille,
Bizarre joyau, fort bien achevé.

Mais je ne suis pas orfèvre Madame ;
Et je ne pouvais enrichir mon âme.

La Nuit ne pouvant vous avoir à moi
J'étreignais un corps chimérique. Songe
Dont j'aurais voulu fixer le mensonge
Pour garder toujours mon divin émoi.

Or, je ne sais pas peindre la pensée ;
Vous ignoriez ma peine passée.

Les heures du jour se traînaient si lentes
Que je désirais, poète d'un jour,
En sonnets charmants vous parler d'amour,
Sans doute auraient fui les heures troublantes.

Mais je n'ai pas su faire un doux poème,
Et bien moins encor, vous dire : Je t'aime.

Parfois loin de vous, ma voix s'essayait
A de chauds accents, et de votre image
Si fort me restait le puissant mirage
Qu'il me semblait bien qu'Elle m'écoutait.

Las ! le troubadour à la voix tremblante
Ne pouvait ainsi conquérir l'amante.

En vain, j'ai voulu dans le marbre blanc
Modeler un corps idéal et frêle,
Mon ciseau rendait l'image infidèle,
Et point ne vibraient vos seins purs d'enfant.

Pour être sculpteur, il faut du génie
Et seule j'avais tendresse infinie.

Maintenant j'ai plus, et j'ai mieux sans doute
Je veux vous offrir ce qui seul me coûte,
Des jours purifiés par toute douleur ;
Et le cœur meurtri, mais alors meilleur.
Pour vous, dont le charme amoureux m'enivre,
Je veux prendre encor la peine de vivre.

VIEILLES MAISONS

Oh ! ces ruines ! derniers débris sur les monts noirs,
Pans de murs écroulés le long de la rivière.
Chaumes d'où sont partis les fugaces espoirs
Avec le toit crevé, croulant par la misère.

Oh ! ces pauvres maisons aux visages grisâtres
Où les rides ont mis comme au front d'un vieillard
L'empreinte des douleurs ! Leurs misérables âtres
Semblent vouloir jeter comme un dernier regard

Avant que le passant n'éboule les murailles
Et que le chemineau sur le sentier herbeux
Ne traîne trois pavés pris aux froides entrailles
Que l'on ne défend pas contre les miséreux.

Puis, cet homme parti, seul le tison fumeux
Un instant peuplera le silence des choses.
Une chauve-souris dans les débris poudreux
Attendra la douceur des nuits aux couchants roses.

Et nul ne se dira : Peut-être souffrent-elles ?
Et nul n'écoutera leurs plaintes dans le vent.
Qui donc s'apercevra que les grillons fidèles
Reviennent les chanter, le soir, éperdûment !

POÈME

Voulant te garder toujours, toi que j'aime,
J'ai fait de mon cœur un tombeau fervent,
Où je t'ai couché. Le sommeil suprême
Seul peut t'en chasser. — J'en fais le serment.

Car, j'ai de ton nom, comme une morsure,
En mon cœur gravé les lettres. — Jaloux,
Le temps ne pourra fermer la blessure
Que j'ai faite exprès. Cela m'est si doux !

Tu peux t'éloigner. — Sans que tu le veuilles,
J'ai pris du soleil le rouge couchant,
L'ombre qui s'attarde encor sous les feuilles :
J'en ai fait tes yeux au regard troublant.

D'un clavecin doux, d'un cantique d'ange
Joignant les accords, les divins émois,
J'ai pu recueillir, sans qu'elle ne change,
Cette mélodie, ainsi j'ai ta voix.

4

Comme le printemps en joyeux murmure
Égrenait parfois ses parfums légers,
J'ai, par sa douceur, eu ta chevelure
Et le souvenir de tes lents baisers.

Puis, comme j'avais l'image précise,
Des perles ont fait tes dents. — Pour écrin
J'ai pris à l'instant la rouge cerise,
Son éclat vermeil, sa chair de satin.

Et je t'ai vivant, grâce à mon poème.
Le temps peut passer, la douleur venir!
Rien ne peut briser en mon cœur qui t'aime
L'autel élevé par ton souvenir.

SONNET

A J.-H. Favre, naturaliste.

Après que la gloire eut ceint vos cheveux blanchis ;
Que, Pèlerins émus, les savants en Provence
Vinrent vers vous, bergers des mondes affranchis,
Guidés par le renom de votre clairvoyance,

Les insectes jaloux prirent des rayons d'or
Au soleil ; et glanant des tiges de lavande
Firent des luths, afin de vous chanter encor
Aux creux des bruns sillons et dans la vaste lande.

Or, vous, vous écoutiez, dédaignant les honneurs,
Suivant, le front pensif, la vie et ses labeurs
Sans jamais attarder vos regards sur les hommes.

Et l'écho répéta, de vallon en vallon,
Le cantique d'amour que d'infinis atomes
Avaient fait pour garder un savant simple et bon !

SAGESSE

Il ne faut pas de vains regrets
Gâter le charme de la vie ;
La vie amère a ses secrets
Comme aussi sa joie infinie !

Il ne faut pas se demander
Le pourquoi ? de toute souffrance ;
Il faut lutter, encor lutter
Ouvrir son âme à l'espérance !

Il ne faut pas dire : l'hiver
Pour toujours glace la nature.
Le jardin redeviendra vert,
La source aura son frais murmure.

Il ne faut pas au désespoir
S'abandonner comme une épave ;
L'aube succède à chaque soir,
L'esprit léger au souci grave.

Il ne faut pas croire méchant
Tout ce qui vit, lorsque l'on aime ;
N'avons-nous pas un doux enfant
Pour croire à la bonté, quand même.

Il ne faut pas maudire. Il faut
Trouver un charme à toute chose,
Ne pas voir le plus gros défaut
Chasser le gris, mettre du rose.

Si l'on n'a pas un fou désir,
Et de beaux rêves impossibles ;
On peut vivre sans trop souffrir,
Parmi les âmes insensibles !

L'on va son tout petit chemin
Sans trop de heurts, presque sans peine,
Et l'on s'endort un beau matin
Ravi d'avoir rompu la chaîne.

LE CYGNE

L'étang mire en ses eaux les arbres où, jadis,
La Princesse baignait son corps d'ambre et de rose.
Des reflets doux de chair s'attardent et l'on n'ose
D'un geste impur troubler l'infini paradis.

Mais lui, le cygne blanc, le col gonflé d'amour,
Creuse au long de l'étang un sillon qui s'argente,
Pour recueillir ce qui reste encor de l'amante.
Il va, glisse et revient, tant que dure le jour;

Et la nuit, le baiser glacé des lunes pâles
Fait du cygne une fleur aux neigeuses pétales,
Une fleur, que le vent caresse d'un soupir.

La fleur frémit, le cygne entrouvre la prunelle,
S'élance et croit saisir sur l'eau sombre la belle
Princesse revenue à l'appel du désir !

ALEA JACTA EST

Nous n'avons plus le droit de faire des poèmes,
Si ce n'est pour chanter, et pour pleurer surtout
Nos enfants qui s'en vont, à l'ombre des emblèmes
Chasser l'envahisseur, car la France est debout !

Debout ! plus grande encor, sous l'auréole rouge
Que lui font les éclairs des canons et le sang.
Son sein ne frémit pas, car du palais au bouge,
Tous se sont élancés vers le choc effrayant.

La défendre et mourir ! qu'importe la souffrance.
Courser le loup sorti de sa tannière, puis,
Sur les tombes, jeter des roses et du buis,
C'est là le saint devoir de tes enfants

O France !...

VILLE LA VICTOIRE

Nous n'avons plus à ... lan ... ...
Si ce n'est pour chanter ... ...
Vos enfants qui ... ...
Chasser l'envahisseur ... ...

Debout, plus ... ...
Qui lui font les ... ...
Son sein ne foule ... ...
Pour se sentir ... ...

La défendre et mourir ... ...
Contre le long ... ...
Sur les tombes, joies ... ...
C'est là le saint devoir ... ...

O France

POUR NOS MORTS

O Vous, héros d'hier et martyrs de demain,
Épis trop tôt fauchés, qu'une brutale main
Conduisit au tombeau, malgré toute vaillance,
Pour vous pleurent nos yeux, mais vibrent d'espérance
Nos cœurs impatients de gloire à partager,
Nos jeunes cœurs, ardents, martyrs, de vous venger.

C'était, il m'en souvient, dans la ville éveillée
Votre départ, des fleurs, la rue ensoleillée,
Le peuple délirant vous acclamait ! Cris fous.
Calmes et fiers, les yeux rêveurs, que vîtes-vous ?
Ah ! dites ? Un seul de vous quittant tout ce qu'il aime
A-t-il pensé « Mon Dieu ! si je restais, quand même ? »
Non ! La France appelait ses enfants généreux,
Vos aînés étaient morts, vous avez fait comme eux !

Le grand chemin, les mornes nuits sans clair de lune,
Les jours passés très loin du bon foyer, la brune
Fiancée au logis près de l'aïeul en pleurs,
Est-ce que tout cela peut attendrir les cœurs ?

Mettre comme un regret dans la pensée austère
Tandis que l'ennemi s'approche, est là ? — Misère !
Avoir des champs, des prés, des vignes, des troupeaux,
Puis plus rien. L'Allemand est passé. — Des hameaux,
Quelques moignons branlants, des colombes peureuses
C'est tout !... C'étaient hier des chaumières heureuses,
On vivait simplement, de même que jadis,
La terre étant pour tous un calme paradis
Où les jours s'écoulaient pareils à de l'eau morte.
Les saisons avaient mis leurs mousses sur la porte,
Les blonds enfants jouaient dans la cour au soleil,
Leur chair en avait pris comme un éclat vermeil,
Les femmes s'occupaient... Légères, maternelles,
Vers les foins embaumés, filaient les hirondelles.
Ils semblaient préservés de tout péril méchant
Ces vieux dont les yeux clairs étaient des yeux d'enfant.
Rien ne disait encor la tempête prochaine,
Et les mains se tendaient vers la moisson certaine.

Un lourd voile est tombé sur les pays en deuils
Car la moisson n'est plus faite que de cercueils.
Les Barbares joignant les crimes à l'offense
Ont fait de grands martyrs des petits sans défense
Sus à l'envahisseur... Mais vos cœurs généreux
N'ont pas su déjouer leurs desseins ténébreux.
Vous alliez d'un élan, les poitrines offertes,
Et vos corps s'allongeaient au long des herbes vertes.
C'est là que nos pensers savent vous découvrir,

Français, dont la grandeur apprend à bien mourir.
Vos tombes sont autant de drapeaux à défendre,
De notre souvenir vous devez tout attendre.
Demain sera pour nous le jour clair et vengeur
Où nous pourrons frapper l'Allemand en plein cœur :
Car nous nous souviendrons de la sainte souffrance
Qui fit le sol plus cher et plus grande la France !

LE VIEUX MOULIN

Il était tout branlant et le poids des années
Lui donnait la douceur des choses surannées.
Perché sur le coteau, la brise des saisons
Tantôt givrait son toit, puis de ses floraisons
Lui mettait en chantant, des parures de roses.
Depuis cent ans déjà, c'étaient les mêmes choses.

On venait de très loin ; les ânes paresseux
Montaient allègrement le dur chemin pierreux.
Tout en haut, le meunier joyeux, de bonne mine
Attendait, bras ouverts, les lourds sacs de farine.
On trinquait ; et le soir alourdi de senteurs
Faisait bonne la vie et les hommes meilleurs.

Mais le meunier parti, le moulin chantonnant
Fut sur le vert coteau malheureux, frissonnant.
Personne ne venait troubler le lourd silence
Qui faisait l'abandon plus triste, plus intense ;

Farouche il attendit. On ne sait quel espoir
Semblait suspendre encor l'effondrement. — Un soir,
Que l'ennemi vainqueur rampait vers nos assises,
Un chant monta dans l'air, le chant des ailes grises.

Il semblait apporter la paix ! et les mourants
Entendant le moulin, se revoyaient enfants.
Ils fermaient doucement les yeux. — Enchanteresses
Les ailes apportaient la mort dans des caresses !

Nul ne sait en voyant le grand moulin détruit
Que ce fut au sommet du coteau, dans la nuit,
Qu'un obus éteignit la chanson et la flamme
Qui mettait au moulin de jadis sa belle âme !

SŒUR SUZANNE

De lit en lit, le soir, se glisse la cornette,
Dont le saint frôlement est comme une mouette ;

Eux l'attendent ! Plus d'un lève son front brûlant,
Pour voir l'ange qui va vers l'autre agonisant.
Cet enfant qui gémit et se tord sur sa couche,
A depuis ce matin le blasphème à la bouche.
Elle l'entend, et vient de son geste enchanteur
Caresser le front las avec tant de douceur

Que le petit soldat en fermant la paupière,
Pour lui faire plaisir... murmure sa prière.

Celui-ci qui râlait, elle l'a consolé ;
Et dans un rêve pur, l'esprit s'en est allé !
Hier, c'était un chasseur, dont la main fracassée
Ne pouvait dire... viens ! à l'amante laissée,
Il n'osait confier le secret douloureux ;
Et restait si longtemps éveillé, soucieux,

Que la sœur devinant cette peine cachée
Murmura doucement : « Dictez-moi ! » Cachetée

La lettre par ses soins partit !... Aux oraisons
Pardonnez-nous mon Dieu, le mal que nous faisons,
Dit-elle rougissant au souvenir !!... Austère,
Sœur Suzanne reprit le fardeau de misère ;
Et parce qu'elle va de lit en lit, le soir,
Nos blessés doucement s'assoupissent. L'espoir

Caresse les fronts las, car les yeux de pervenche
Semblent dire « dormez et rêvez de revanche ! »

IL ÉTAIT UNE FOIS

A Élisabeth, reine des Belges.

Il était une fois un pays de légende
Où tout était sérénité. — La terre est grande,
Longtemps, on aurait pu chercher mieux et meilleur
Que ce peuple vivant dans sa calme splendeur.
Les cités s'égrenaient sous un ciel d'améthyste,
Elles semblaient mises là par une main d'artiste,
Qui sous le gris léger d'un horizon très bas
Avait de cent moulins ordonné les ébats !
Au détour d'une rue, au fond d'une chapelle
Les siècles surgissaient, car la pierre plus belle
Et ciselée ainsi que les émaux était
Tout le passé, le grand passé qu'on admirait,
Qui faisait du beffroi chanter la voix grondeuse
Et s'éveiller enfin la tour silencieuse.
Les ogives des toits, les voûtes des maisons
Semblaient pour le passant de moroses prisons
Où l'on devait mourir d'ennui. — L'erreur est grande
Car, dès maint seuil franchi, c'était toute l'offrande

Des vasques et des fleurs; les regards étrangers
Ne voyaient plus les cours, mais des rideaux légers
De glycines, lilas ou frêles campanules,
Les nymphes à l'amour semblaient servir d'émules,
Les coteaux descendaient vers l'océan lointain.
Car pour eux, chaque soir, le grand souffle salin
Faisait des gais moulins, tout le travail sans peine.
Sur ce doux paradis rayonnait une Reine.

Une Reine ! aussitôt nous devenons songeur ;
Ce mot vient d'évoquer, de Merlin l'Enchanteur
Les tours maudits, de Garabosse la rageuse
La vengeance sur la princesse merveilleuse.
Mais non, ma Reine auprès de son vaillant époux
Goûtait tous les bonheurs; — Il n'était pas jaloux
Le peuple, vers lequel ses petites mains pleines
Se tendaient. — Elle avait pour apaiser leurs peines
Des mots très doux; aussi dans la grande Cité
On ne l'appelait plus que la Reine Bonté.
On raconte, qu'un jour, cet amoureux ramage
Attira l'attention d'un aigle de passage
Un aigle ? Non ! Vautour, qui se gorge de sang,
Et qui s'abat, brutal, mauvais, lâche, puissant,
Qui griffe fort, étreint, étouffe sa victime;
Puis s'enfuit dans les airs se repaître du crime.
Il vint... et l'incendie au profit des coteaux
Fit paraître plus noirs les ténébreux châteaux
Sa fureur ne connut plus de bornes; démence

Que grandissait de jour en jour la résistance
De ce peuple jaloux de son honneur. — Je crois
Qu'en son donjon lointain, la Reine plusieurs fois
Dut pleurer... mais on dit que, courageuse et forte,
Avec ses deux enfants, par la plus grande porte
Elle sortit... Longtemps sur le chemin d'exil
Ils marchèrent, voulant éviter le péril
A ses pauvres petits. — Ainsi vers le réfuge
Les enfants de Noé devaient fuir le déluge.
Chassés par les obus, les meurtres et l'effroi,
Les gens épouvantés n'entendaient plus leur roi
Qui leur criait : « Il faut qu'à son poste l'on meure,
Je reste parmi vous. Courage ! » A la même heure
La Reine revenait, simplement, en soldat,
Qui se doit d'affronter le terrible combat.
Laissant les purs joyaux, le satin et l'hermine,
Cette fille de rois vers la mort s'achemine.
Elle va, tout le long du rivage sanglant,
La dame aux cheveux blonds, au frêle corps d'enfant,
Dont le cœur est entier à la Race qui veille.
Poursuis ton saint labeur, ô diligente abeille.
Des hommes sont tombés ; de la plaine au vallon
Ils t'attendent ; pour eux, le sublime frisson
Sera doux, si tu veux les écouter, ô Reine,
Ces mots de moribonds que l'on entend à peine ;
Et plus tard, la légende ayant repris ses droits,
Les Grand'Mères diront : « Il était une fois »

SOUS LA MITRAILLE

> Les Enfants jouent et vont en classe
> malgré l'occupation allemande et
> la mitraille.
> *Communiqué des Journaux.*

Leur vol de jeunes passereaux
Les a jetés hors des caveaux
Où chacun tremble, pleure et rage ;
Ils ont les membres engourdis
D'avoir dans les murs froids et gris
Trop longtemps comprimé leur âge ;

Et les voici, les yeux rêveurs,
Tout attristés par les horreurs
Qui les poussèrent en détresse
Au fond des caves, où les rats
Ont interrompu leurs ébats
Troublés par leur folle jeunesse.

Mais quoi ? le soleil vient encor
Prendre dans son grand filet d'or

La rue en miettes et la place ;
On peut jouer dans les débris,
Puisque les Boches n'ont pas pris
L'azur, l'espérance et l'espace !

Un gamin, le panier au bras,
Frôle en passant l'officier gras
Qui de son pas lourd de parade,
Fait résonner le pavé noir
De sang répandu tout un soir
Par les derniers vaillants de garde.

Et le reître va, triomphant,
Sans voir les yeux clairs de l'enfant
L'envelopper. Haine farouche
Qui fait que, sans craindre la mort,
La faiblesse contre le fort
Se dresse l'injure à la bouche.

Ils sont trois, puis cinq écoliers
N'ayant dans leurs petits paniers
Qu'un peu de pain et de lard rance,
Ils se glissent, insouciants
Du danger, à peine tremblants
Quand tonne le canon de France.

Tu sais mon cher, dit un moutard,
Qu'il ne faut pas rentrer trop tard,

Les femmes, ça geint et ça pleure.
Moi, ma mère tombe à genoux
Dès qu'un obus claque sur nous
Ou que je sors pour un quart d'heure.

Vraiment, c'est à n'y pas tenir !
Quand tous les Français vont bondir, —
Ce sera bientôt je suppose, —
Qu'est-ce qu'ils diront, si nous, les fieux,
Nous avons fait comme les vieux
Terrés pendant la Grande Chose ?

Les autres l'écoutent songeurs,
Sifflotant un air que leurs cœurs
Redisent en l'heure mauvaise !
Ils sont crânes pour l'Avenir.
L'ennemi pourra revenir,
Ils chanteront la Marseillaise

LA MAISON DU PASSEUR

La maisonnette, ayant ses volets entrouverts,
Est un champignon gris, parmi les arbres verts.
Trois générations ont vécu là, de sorte
Que le temps a rongé par lézardes la porte.
Le pauvre toit noirci, dans son chaume défait,
Abrite des oiseaux. Leur gazouillis fêtait
Les naissances, les ans du calme patriarche
Qui vit très simplement retiré dans son arche.
Vingt fois par jour l'appel de quelque paysan
Résonne ; sans tarder, le pêcheur complaisant
Tirant un peu le pied, mais lui souriant d'aise
Décroche son radeau, puis va vers lui. La braise
Du regard presque éteint se ranime souvent
Lorsque des amoureux l'appellent. Tendrement
Blottis sur le radeau, sous le ciel qui flamboie,
Ils sont quelques instants une épave de joie !
Ils sont... las ! ils étaient ! La Maison du Passeur
N'est plus ! Au lendemain de Charleroi, vainqueur,
L'ennemi s'avançant, cohorte meurtrière,

Passa l'Yser, et vit dans la verte clairière
Le toit moussu, le frêle abri, le vieux tremblant
Qui chevrotait tout bas, effondré sur un banc.
— « Sais-tu si des Français, chien de race maudite,
Dans ce bois sont cachés ? Réponds et réponds vite. »
L'officier brusquement saisit le vieux au bras.
« As-tu vu des dragons ? allons ! — Je ne sais pas !
— Tu ne sais pas ? L'on va te délier la langue,
Mettez cet homme au mur, fusillez-le ! » Exsangue,
Le Passeur maintenant ne tremble plus. — Demain,
Les Français seront là, dit-il, et de la main
Il semblait englober le monde ! Prenez garde,
On saura me venger ! frémissant, il attarde
Sur tout ce qui semblait jadis le protéger
Un regard d'abandon, un regard étranger ;
Le poing tendu vers eux, il nargue la souffrance,
— Non ! Je ne dirai rien, tirez ! Vive la France !

Son âme longuement s'attarda sur les eaux,
Et voleta parmi les touffes de roseaux.
Le grillon désertant l'âtre aux pierres glacées
S'en fut dans le sillon porter son chant. Percées
Les armoires étaient des créneaux meurtriers
D'où l'ennemi tirait sur nous. Nos vitriers
Aidés des diables bleus et du turco farouche
Cent fois eurent leurs cris étouffés dans la bouche.
Ils tombaient ; leur élan qui paraissait rompu
Les jetait en avant ; enfin, un soir, l'on put

Aborder en rampant sur la rive trop rase
A l'aide d'un radeau retrouvé dans la vase.
Ce fut le grand assaut, il semblait que le mur
Invisible leur dit : les gars frappez plus fort.
Sous les coups, la maison oscilla, puis reprise
Ce fut un grand bruit sourd de porte que l'on brise.
Baïonnette au canon, les zouaves avaient
Bondi sur les Prussiens, les lâches qui râlaient
Implorant la pitié. Dans ce nid de vipères
Un coin d'ombre restait encor plein de mystères.
Ils trouvèrent, le front ensanglanté, vermeil,
Le Passeur qui dormait son tragique sommeil.
Pieusement creusant la tombe sous un chêne,
Ils gravèrent : Ci-gît un grand martyr. De haine
La sève montera dans les rameaux puissants,
Poings énormes, noueux, brandis et menaçants
Qui diront : « C'était là que le Passeur paisible,
Pour arrêter l'élan, s'offrit, vivante cible.
La Maison a flambé, ses cendres sur nos cœurs
Sont le pieux linceul de toutes ces douleurs »

PLUS HAUT

L'alouette montant dans le matin brumeux
S'étonne, rencontrant un oiseau gigantesque,
De le voir s'élancer, aigle majestueux,
Plus haut, toujours plus haut, et de l'atteindre presque,

Ce ciel dont l'infini s'offre aux sublimes fous,
Éden inviolé, baigné de clarté blonde,
Ce ciel, dont l'homme peut en défendre jaloux
L'approche et s'écrier : « Je plane sur le monde. »

Il monte ! le soleil frappant ses flancs d'acier
L'illumine, le sol se dérobe fantasque ;
Et c'est comme un frelon qu'attire le brasier,
Il va, ronronnant fort, tout droit vers la bourrasque.

L'obus déchirant l'air, éclate près de lui.
Les ailes ont perdu des lambeaux, mais qu'importe,
Puisque tout un boyau de tranchée est détruit,
Et que l'artillerie ainsi conduite est forte !

Le vol se ralentit ; puis, c'est vertigineux,
Un bolide qui vient s'écraser sur la terre.
Frappé dans l'azur clair, des flocons cotonneux
Ont en l'enveloppant brisé le grand mystère.

Il est mort ! empruntant la pourpre du soleil
Après avoir rempli la tâche magnifique,
Et s'être cru plus fort que Dieu ! L'aube tragique
A tué le héros, et bu son sang vermeil !

NOS ORPHELINS

Quinze ans pour les aînés, pour les jeunes, trois mois,
Vêtus de noir; pour eux, les mères douloureuses
Ont, depuis bien des jours, étouffé bien des fois
Le sanglot qui montait à leurs lèvres fiévreuses.

Les pères ne sont plus ! Ils sont partis joyeux
Appelant à grands cris la revanche certaine,
Mais trop souvent depuis, au logis malheureux
Le facteur a brisé toute espérance vaine ;

Et les femmes d'abord dans un cri de douleur
Ont maudit le destin tant atroce et la guerre,
La guerre qui leur prend la moitié de leur cœur,
Mais leur laisse la vie avec plus de misère !...

Longtemps, elles n'ont pas senti que leurs enfants
S'accrochaient un peu plus à leurs jupes trop noires.
Sur elles, les doux bras se nouaient caressants,
Elles ne savaient plus leurs noms, ni des histoires !

Puis l'éveil est venu ! Ce sont les orphelins
Qui savent redonner le courage de vivre.
Pour eux devront s'ouvrir très largement les mains.
Notre regard ému, demain, devra les suivre,

Ces enfants dont les uns revêtus de dentelle
Auront pour frères des petits si miséreux
Qu'ils iront, le sarrau serré d'une ficelle,
A l'école, nu-pieds, sans pain comme les gueux.

Donnons de l'or afin que la mère plus fière
Fasse un nid bien douillet ; adoucissons le sort
Du petit orphelin qui nous donna son père ;
Car la France n'a pu que le lui rendre mort !

L'AVEUGLE

Il a, depuis trois mois, un bandeau sur les yeux,
Cet enfant de vingt ans qui s'en alla joyeux
Cueillir les lauriers d'or que lui tendait la « Gloire ».
Maintenant, pour toujours, il doit dans la nuit noire
Errer, et ne cesser de vivre et de souffrir
Que lassé du fardeau pesant du souvenir !
Pourtant hier encor en sa forte jeunesse
On avait tant d'espoir ! Il était la promesse

D'un avenir heureux. Il disait : nous vaincrons ;
Et la mort aura peur de nous, nous reviendrons ;
Nous verrons l'ennemi s'enfuir et nos familles
Se reposer encor sous les vertes charmilles !
Il disait : … C'est demain que le pays perdu
Sera nôtre ; et soudain chancelant, éperdu,
Cet enfant dont les yeux lançaient comme des flammes
N'est plus qu'un malheureux que soutiennent des femmes !
Il faut, lui qu'un élan jetait comme un lion,
Le guider, soutenir ses pas. Il fait très bon
Au jardin, dit la Sœur ; et vers la sente ombreuse
L'oubli semble chercher cette âme malheureuse !

Il s'assied... le vieux banc moussu, comme écrasé
Se fait plus doux ; il a l'esprit plus apaisé.
Il se souvient des soirs où sa mélancolie
L'appelait là, parfois sous la lune pâlie.
Il fermait lentement les yeux ; mais son regard
Gardait de ces beautés, l'empreinte pour plus tard.
Il sait que là, parmi les chênes, la fauvette,
Au printemps, met son nid, et que la pirouette
De l'écureuil cassa les brins de ce lilas.
Il sourit ; il n'a plus déjà ce geste las,
Qui mettait en nos yeux la pitié, puis les larmes ;
Poëte, du printemps il sent bien mieux les charmes.
Les fleurs tendent vers lui leurs mille floraisons
Mais lui, regrette alors le mal que nous faisons.
Il se penche ; et le sein mourant des rouges roses
Exhale sa senteur dans la douceur des choses.

Une main a pressé sa main ! Le bruit des pas
N'a pas troublé son rêve ; ah ! lui ne souffrait pas,
Penseur, dont les yeux clos, tout à coup, sur ce monde,
Savent lire fermés, la nature féconde
Des baisers... des sanglots... **Mon malheureux enfant!**
Et la mère s'enlace au blessé frissonnant.
Te voilà... va, je suis heureuse... et puis si fière
Mon chéri !... Le héros sourit : « Petite mère! »
— « Les jours m'ont semblé longs dans l'attente.
— « Tu seras désormais tout à moi, mon enfant,
— « Je te ferai la vie au logis calme et bonne! »

Le désespoir soudain jusqu'en leurs cœurs résonne.
— « Maman ! » De ses baisers tâtonnants, il parcourt
Le cher visage dont il sent le fin contour,
Les cheveux gris, le front ridé, la frêle oreille.
Il semble découvrir quelque pure merveille ;
Et lentement des pleurs, sur les vieux doigts perclus
Tombent... des yeux brûlés qui ne la verront plus !

UN COMBAT

La tourmente a duré très longtemps ; les canons
    Ont craché leur bave sanglante.
Haut les Cœurs ! En avant ! Enfants, nous les tenons
    A clamé la voix délirante ;

Et les zouaves ont au flanc de la colline
    Accroché leur assaut vainqueur.
Vingt fois ils sont tombés ; quand leur tête s'incline
    C'est qu'ils ont la mort en plein cœur.

Les cuirassiers n'ont plus leurs crinières flottantes :
    Et sur les chevaux abattus
Les corbeaux tournoyant, de leurs masses mouvantes
    Forment des cercles éperdus.

Le hameau pleure en vain son clocheton; la brise
    N'apporte que des cris de mort ;
La mitraille frappant l'écho renaît, se brise
    Mais pour rugir encor plus fort.

Maintenant c'est l'effroi du chaos ! les ornières
    Ont pêle-mêle des lambeaux.
Dans les yeux chavirés, les visions dernières
    Mettent des clartés de flambeaux ;

Et sur ce désarroi, ces tristesses, les larmes
    Des épouses, mères en deuil,
Tomberont comme sont tombés les bras sans armes
    De nos pauvres morts sans cercueil.

Ils seront là, couchés, héros que la légende
    Consacrera, nouveaux Rolands.
Ils firent mieux encor en nous faisant l'offrande
    De leur jeunesse tout souriants.

Lorsque nous foulerons l'herbe dure ou légère,
    Partout les cendres de leurs cœurs
Feront les belles nuits ardentes du mystère
    Qui fait du sang naître les fleurs !

SUR LA PLAGE

Sur le sable, nos fils font une forteresse
Que la vague, demain, dans son sein roulera.
Ils ont gratté, creusé, construit avec adresse
Cette œuvre que le flot méchant leur volera.

Jamais lasses d'efforts, les petites mains chères
Serrent la pelle ainsi que les aînés là-bas.
Ils font la guerre avec ardeur ; les filles fières
Regardent, oubliant de tricoter leur bas.

Les mondaines sont loin, cette année ! à l'hospice,
A l'ambulance, ou bien près des convalescents.
Seuls, les cheveux blanchis par quelque lent supplice,
Des vieillards sont penchés vers les adolescents.

Le clapotis léger glisse et meurt sur la plage,
Laissant dans les fossés du fort des cailloux gris.
Puis, il reprend l'assaut, marquant d'un coquillage
Le petit coin du sol miné, fondu, repris !

Mais, on le défend bien ; les pelles courageuses
Tassent le fond du trou, luttent. — Le flot jaloux
Heurte à nouveau le flanc, les mines soucieuses
S'allongent ! Car on a de l'eau jusqu'aux genoux.

Or, les voici distraits, redressés ; près d'eux passe
Un groupe qui vaut bien l'abandon à merci !
Dans les murs effrités qu'elle abat, prend et chasse,
La vague maintenant déferle sans souci !

Il a suffi de voir un peu de la Patrie
Pour que le jeu charmant soit aussitôt laissé.
Saluez ! chers enfants, la femme, qui, meurtrie,
Passe fière, guidant un soldat « grand blessé ! »

AUX ASSASSINS

Le navire s'en va, calme, majestueux
Vers son Destin... On a resserré le cordage
Des échelles de fer. A son poste, nerveux,
Le Capitaine voit s'éloigner le rivage.

On dit qu'un sous-marin est aux aguets. Pourtant
La raison se refuse au meurtre trop infâme.
Les lâches !... Sous les flots part du monstre puissant
Un éclair, choc brutal duquel jaillit la flamme.

Le Lusitania se couche sur le flanc.
En vain l'on fait mugir le signal de détresse.
En vain sur le grand mât flotte le drapeau blanc.
La mort veut accomplir toute l'œuvre traîtresse.

Ils reposaient jolis, quand s'ouvrirent les eaux,
Nos pauvres innocents ; et le sommeil suprême
Les prit tout souriants. — De fragiles berceaux
Surnagent, dont les morts tétent leur poing, quand
[même.]

Mais aux Mères, ayant de leurs bras impuissants
Serré l'épave, et dont les yeux pleins d'épouvante
Ont vu leurs bébés blonds, leurs bébés vagissants
Glacés à tout jamais sous leur bouche râlante

Y songiez-vous maudits ? et vos fronts d'assassins
Ne sont-ils pas rougis par le sang ? Une épave
Lourde de corps humains, dans de proches matins
Inexorablement, frappera votre étrave ;

Et vous serez au fond des mers, les trépassés
Dont aucun ne voudra se souvenir. — Fuyantes
Des barques entendront vos cris, cris d'insensés
Qui feront se signer les pêcheuses tremblantes.

Vous resterez ainsi des siècles... Renégats,
Qui jouez des douleurs et riez des prières,
Qui, tapis sous les flots, tuez en pleins ébats
Les enfantelets doux, faites pleurer les mères !

LE CLOITRE

Elles n'ont pas voulu quitter l'ombre pieuse
Ces nonnes qui s'en vont deux par deux ; dans leur main
Le chapelet de buis ne tremble pas, heureuses
Du martyr que sera pour elles ce demain ;

Ce demain, qu'elles ont dans la sombre chapelle
Attendu sans effroi, priant pour les bourreaux ;
Ce demain qui doit voir l'épouvante charnelle
Se heurter à la paix des antiques tombeaux.

Car ils sont accourus à la porte du cloître
Ceux que les assassins poursuivent furibonds.
Un malheureux du poing frappe, sentant s'accroître
Le péril, espérant voir osciller les gonds.

Mais quoi ? depuis des ans, cette porte était close.
Des vierges l'ont franchie en vous disant adieu·
O monde ! et vous voulez que sur l'horrible chose
Elle s'ouvre ! Qu'enfin, l'enfer trouble les Cieux ?

Téméraires songez ! l'écho résonne, leurre
Qui vous fait espérer le bruit d'un pas sauveur
Personne ne viendra. — La peur, l'horrible peur
Les terre ; et doucement une grand'mère pleure.

L'effroi qui les étreint se change en épouvante.
Lourds Allemands dressés sur leurs fringants chevaux
Ils ont, les assassins de foule délirante,
Des yeux fous de bandits, des trognes de pourceaux,

Le sourire cruel qui pressent la curée
Si proche, que le chef ironique et flambard,
Dédaigne d'écraser sur la route barrée
Ces malheureux, d'un seul geste. — Pour le soudard

Est arrachée ainsi qu'une bête tremblante
Une mère tenant en ses bras son petit,
Et ce n'est plus qu'un peu de pauvre chair hurlante,
Pour calmer du vainqueur l'érotique appétit.

Miracle ! Qu'est ceci ? De leur main sacrilège
L'épée et le fusil s'échappent. — Lentement
La porte s'ouvre et c'est une blancheur de neige
Qui vient comme un défi, les braver hardiment !

Elles sont vingt, tendant les bras à la détresse,
Relevant les enfants, les couvrant de leur corps ;
Elles sont vingt, ayant pour chef la vieille abbesse,
Pour modèle le Dieu des humbles, non des forts !

Le peuple a fui dans les jardins et dans le cloître.
Maintenant, face à face, ils restent et, surpris,
Le Bavarois écoute encor le bruit décroître,
La colère a troublé le fiel de ses yeux gris !

Arrière les Judas aux croyances mauvaises,
Sacrilèges, qui vont leur passer sur le cœur !
Ils tirent, abattant ces vingt vierges françaises
Et l'abbesse qui dit : « Mon Dieu, pardonnez-leur. »

LES SAINT-CYRIENS

Quand le tocsin vibra, faisant frémir les mères
    Pour le fils de leur sein martyr,
Ce fut un retroussis de moustaches plus fières
    Parmi les promus de Saint-Cyr.

L'attente ! ce fut long ; ils passaient magnifiques,
    Bombant le torse, pleins d'ardeur ;
Et c'était pour beaucoup les visions magiques
    De la jeunesse au poing vengeur !

Quel éveil ! ils couraient embrasser leur maîtresse,
    Puis s'arrachaient vite aux doux bras,
Car la bête rampait vers nous, veule, traîtresse
    Et le canon tonnait là-bas.

Il tonnait bien avant que la France songeuse
    Fit de son rêve un cauchemar,
Il tuait, écrasant la Belge courageuse,
    Brisant l'épée et l'étendard.

De sa gueule tombaient sur la France meurtrie
Les obus qui donnaient la mort.
Par miette, s'effritait le sol de la Patrie ;
Et c'était le droit du plus fort !

Alors, ceux de Saint-Cyr, ayant mis leur panache,
Vers le front partirent un soir,
Disant, c'en est assez ; que tout ennemi sache
Que nous mourrons pour le devoir.

Et sans qu'on put briser leur courageuse audace
Coquettement gantés de blanc
Ils chargèrent, menant leurs hommes jusqu'en face
De l'ennemi plus hésitant !

Ils tenaient bon, mais là, devant les mitrailleuses,
Fauchés, ils tombèrent surpris,
Ayant leurs yeux emplis de clartés merveilleuses
Tout étonnés de voir ce gris,

Ce gris, qui couvrait tout, car la bête mauvaise
Avait des replis monstrueux.
En vain, quelque tronçon fondait dans la fournaise,
Devant, derrière, toujours eux...

Depuis, des mains ont mis les dépouilles glacées
    De ces héros dans le sol cher.
Sur les croix sont encor les tuniques percées,
    Les panaches bravant le fer.

Et sur le bois noirci, c'est la blancheur osée
    Des gants, que la brise du soir
Fait palpiter ; or c'est la colombe posée
    Du Souvenir sur le Devoir.

LE PÊCHEUR

Le filet détendu, la barque glisse molle,
Sans brise pour gonfler la voile qui se colle
Au frêle mât ; et c'est comme un oiseau trop las
Dont les ailes, soudain lourdes de sel, de brume
Se sont closes. — Très loin, un vapeur crache et fume
Puis se fond lentement dans l'horizon, là-bas.

Le pêcheur, un vieux loup, grand vainqueur de tempête,
Le regard vif encor, le cœur toujours en fête ;
Un de ceux dont les yeux pleins d'espace et d'azur
Ignorent les méchants. — Pour lui, folle, fantasque,
La mer, dont il est bien l'amant, part en bourrasque
Mais lui donne un baiser amoureusement pur.

Depuis bientôt trente ans, Yvonnick à l'ouvrage
Est le premier ; le flot l'emporte. — Le sillage
Met un frisson d'azur, qui naît, s'évanouit,
Renaît encor, poursuit la barque fugitive

Et meurt en floraison d'écume sur la rive.
Le filet maintenant resserré, monte et luit.

Il est plein jusqu'aux bords, de poissons, d'algue verte.
L'homme, silencieux, attire sa conquête,
La pipe au creux des dents, — Les bras noueux et durs
Ont soulevé la proie ; et sur la barque grise
C'est le flot renversé de la vivante proie,
Les poissons argentés, les coquillages purs.

Eh ! quoi ! dans le filet s'accroche une poupée,
Ayant eu les cheveux frisés, belle, nippée
Comme une reine ! Alors que le flot tapageur
Lui brisa le talon et défonça la tête,
La poupée au pêcheur tend les bras, semble prête
A lui dire : « Prends-moi, tu seras mon sauveur. »

« Ma mère avait quatre ans, maintenant elle est morte
Ils l'ont tuée ainsi que tous, oh ! fais en sorte
Que je ne dorme plus, pour toujours sous les mers.
Je ne veux plus les voir glisser, hideux, farouches,
Leurs sous-marins méchants, leurs monstres aux yeux
Alors qu'ils ont jeté Maman aux flots amers ! » [louches]

Les doigts ont délivré plus vite encor la rose
Poupée aux grands yeux doux, pauvre petite chose
Qui fut pour un enfant, du bonheur. — Oppressé,

Le pêcheur tremble un peu, car le jouet fragile
Fut le dernier hochet d'un bébé mort. — Habile
Et traître, le cruel Allemand est passé.

Maintenant, le canot retourne vers la rive,
Et le vieux loup s'en va, plein de tendresse active,
Faire un dernier berceau dans le sable tout blanc
Afin que la poupée adorablement brune
N'erre plus dans les flots, pleurant au clair de lune,
Pour chercher le bébé qu'elle appelait « Maman ! »

VAINCRE OU MOURIR

A Yvonne Sarcey

Il faut fuir ! De Prilep la vague bondissante
Arrive ; l'ennemi dix fois plus fort poursuit
Les Serbes. Il faut fuir ! et plus d'un dans la nuit
A pleuré de douleur et de rage impuissante.

La débâcle ? non pas ! la retraite superbe,
Les enfants entassés, et les vieux délirants
Protégés pas à pas par des hommes sanglants,
Au mépris de la mort tapie au plein de l'herbe.

Ils sont une poignée admirable ! le sort,
Peut-être dès ce soir, va les trahir encor.
N'importe ! tous dressés par la haine fatale,

Lorsqu'ils seront tombés pour le devoir sacré,
Les femmes s'armeront pour la terre natale
Et chasseront les loups avant d'avoir pleuré.

7

LA MOISSON

La ville épouvantée a sonné le tocsin,
Mais il n'est plus ici qu'un angélus lointain
Que le vent fait tinter sur la campagne heureuse.

Les hommes sont partis. Or sur les champs déserts
L'été comme à plaisir a nuancé ses verts.
Le crépuscule est doux et l'aube lumineuse.

Car les larmes, qu'au fond des logis enfumés
Les mères ont aux yeux pour leurs enfants aimés
Ne peuvent attrister la riante nature.

Aujourd'hui tout est mort ; demain tout est espoir.
Seules, les croix de bois où l'on écrit... Devoir
Diront : ils sont tombés pour la France future.

Déjà, les lourds épis ondulent ! Simplement
Les femmes ont caché sous la cendre d'argent
Quelques tisons pour le retour dans la nuit brune.

Vaillantes, elles ont pris et la faux et l'osier ;
Deux par deux, par les prés et sur l'étroit sentier
Leur caravane va, troublant l'ombre, importune !

Lecoq en s'éveillant trouvera son grain prêt !...
Au soleil, elles vont d'un courage discret
Achever leur labeur, les rudes moissonneuses.

Le froment entassé, meules couleur de miel,
C'est le pain de demain, c'est l'or de notre ciel
Qui fait naître et grandir les familles nombreuses.

O femmes qui voulez vos hommes glorieux,
Plus grand que le devoir en vos cœurs généreux,
Le soir, vous voie rentrer sous le poids des javelles
Fièrement, pas à pas, bien lasses ! mais plus belles !

CELUI QUI RESTE

Quatre-vingts ans, l'œil las, sa rude main tremblante,
L'aïeul ne quitte pas le coin du feu ; pourtant
Rien n'assourdit la voix du canon rugissant
Et les cris s'élevant de la brume flottante.

La ferme est désertée ; il reste encor l'épouse
De son fils et les trois petits demi-vêtus,
Qui vont jouer dehors, intrépides, têtus.
Mais lui, semble dormir, mains jointes sur la blouse !

N'entend-il pas, perdu dans son rêve, l'appel
De la terre qui veut le geste rituel,
Et le blé pour ses flancs redevenus fertiles ?

Peut-être ! Car, muet, il prend le sac de grain ;
Et va de par les champs, semeur aux mains débiles,
Recréer de la vie et nous donner du pain.

CLAIR DE LUNE

C'est un soir de printemps semeur de violettes !
Un soir tiède, où le vent met son rire joyeux,
Et fait au peuplier pour ses feuilles coquettes
L'aumône d'un baiser d'argent, clair et soyeux.

Les nids, vides encor, se balancent aux branches.
Où sont donc les oiseaux ? Où sont donc les chansons ?
Pourquoi le muguet fin, aux clochettes si blanches,
Ne fleurit-il pas là, pour nos Mimi Pinsons.

La lune monte ayant sa tendre clarté blonde !
Sournoise, se glissant dans les moindres recoins
Elle semble jouer à la face du monde
A cache-cache, avec les monts noirs et lointains.

Jadis, elle passait, mutine, aventureuse,
S'accrochait aux rameaux, descendait jusqu'au buis,
Glissait son doux rayon, sous la charmille ombreuse,
Par la lucarne, dans le grenier ou le puits.

Mais ce soir, elle voit la tragique aventure ;
Et d'horreur, elle est là, sur l'éternel chemin
Immobile ! partout des morts sans sépulture,
Des cadavres dont l'un semble tendre la main ;

Des héros égorgés dans leur forte jeunesse,
Des petits, nos enfants heureux de guerroyer
Qui, nous quittant hier, riaient sous la caresse
De leur maman, et qu'un obus vient de broyer ;

Des vieux, des engagés, réclamant la revanche !
Les pleurs qu'avaient versé leurs yeux voulaient du sang,
Et c'étaient les premiers partis à l'arme blanche,
Personne n'égalait leur entrain délirant ;

Des chefs, des officiers, dont l'un frêle potache
A coiffé son plumet, pour mourir en beauté,
Il vient d'avoir vingt ans, sans ombre de moustache.
Or, ce poste ennemi, par lui fut emporté ;

Et puis tous, les marins montant à l'abordage,
Nos fusilliers vainqueurs, tombés le front sanglant,
Un Écossais tenant comme un enfant bien sage,
Le fifre qui les a poussés tous en avant !

Le ruisseau débordant contourne sur la berge
Des corps où sont encor quelques agonisants

La lune maintenant a des clartés de cierge
Sur le ruisseau qui fuit ces tableaux effrayants.

O femmes, qui songez, le front mélancolique
Aux fenêtres, sachez que ce même regard
Éclairant au lointain la lutte titanique
Est pour eux un linceul, ou bien un étendard ;

Qu'ils écoutent, penchés, le rythme d'espérance.
Que ce printemps fait mal, parce qu'il est trop doux,
Qu'il appelle l'amour, mais que seule la France
A droit aux baisers fiers des fils et des époux.

La victoire ! Elle est là, fantastique mirage ;
C'est elle qui leur tend ses beaux bras ; mais ce soir
Trop de morts sont couchés, se voilant d'un nuage,
La lune clôt les yeux, ne voulant plus les voir !

CHANSON DE LISE

Son bel ami Jean est parti joyeux
Après un baiser sur les jolis yeux.

Tourne mon rouet, chante la fillette.
Le lin glisse doux dans ma main fluette.
Tourne mon rouet pour Jean qui se bat
Contre l'Allemand en vaillant soldat.
Les épis sont mûrs, les lourdes javelles
Sont pleines, ce soir, de battements d'ailes.

Son bel ami Jean est parti joyeux
Après un baiser sur les jolis yeux.

Je vois s'effeuiller les roses mourantes
Près des prunes d'or aux branches pendantes.
Je vois les raisins s'empourprer là-bas,
Mais toi, mon héros, tu ne reviens pas.
Les sous-bois jaunis ont mis, dans leurs mousses,
Des brins de bois mort, et des feuilles rousses.

Son bel ami Jean est parti joyeux
Après un baiser sur les jolis yeux.

Quel grand vent s'en vient jeter son haleine
De glace? pour toi, j'ai repris la laine;
Et je sais, m'ami, tricoter. — Le soir,
Quand les voisins las auront dit bonsoir,
Alors mon crochet et l'aiguille fine
Feront des gants chauds pour ta main mutine.

Son bel ami Jean est parti joyeux
Après un baiser sur les jolis yeux.

On raconte ici, pendant la veillée,
Que plus d'un a vu l'atroce mêlée,
Que ceux de chez nous, quittant leur troupeau
Ont trouvé la mort. — Le cri du corbeau
Éveille le champ, traverse la porte ;
N'est-ce pas l'appel de ton âme morte ?

Son bel ami Jean est parti joyeux
Après un baiser sur les jolis yeux.

La neige a couvert de sa blanche plume
Le sentier, les monts : notre chaume fume.
J'ai, sur les chenets, mis un fagot brun
Tout humide encor de gel et d'embrun,

Et je t'aperçois, droit dans la bourrasque,
La main au fusil, le front sous le casque.

Son bel ami Jean est parti joyeux,
Après un baiser sur les jolis yeux.

Tu dois avoir froid, seul dans la tempête !
Pour te recevoir la chaumière est prête ;
Et si tu devais plus souffrir encor,
Être prisonnier, je donnerais l'or
De mes longs cheveux pour payer la miche
Cuite dans le four, où le grillon niche.

Son bel ami Jean est parti joyeux
Après un baiser sur les jolis yeux.

On frappe au carreau ! Lisette se lève
Et puis, tout à coup, sa chanson s'achève.
« Que me voulez-vous ? » Mais on frappe encor :
« Ouvrez ! Votre Jean, en Argonne est mort !
« Mort ! après avoir eu la croix de guerre ! »
Lise et le rouet sont tombés par terre !...
Mais vite, l'enfant a rouvert les yeux,
Pour pleurer toujours, son mort glorieux.

RÉCRÉATION

A Poulbot.

Amusez-vous ! dit le surveillant compassé...
La bande de moineaux dans la cour s'éparpille.
Un grand, très glorieux, ramasse une brindille ;
Et s'en fait un fusil, tortueux et cassé.

Or, voici qu'un clairon sonne le branle-bas !
Pauvre clairon fêlé, ses notes discordantes
Font fuir les pigeons roux ; mais les âmes vibrantes
Des tout petits, voudraient faire comme là-bas !

Et les voilà partis d'un élan magnifique.
En avant! C'est pour eux l'appel clair et magique
Qui fait bondir les uns, et tomber les moins forts ;

Alors, le plus petit, d'humeur toujours égale,
Pacifique, s'en va, furtif, parmi les morts,
Et les panse, très doux, avec son mouchoir sale !

PLAINTE DES PETITS CLOCHERS

Nous sommes les petits clochers
Du Nord, d'Argonne et de Champagne,
Nous avons souffert les dangers
De l'interminable campagne.

Les Belges, au nord, nous ont vus
Asiles de paix que l'on brise,
Sous les obus qui tombaient drus
Chanter l'angelus, dans la brise !

Dans les Vosges, le beau chasseur
Avant l'offensive, s'il neige
Vient, non pour s'affermir le cœur
Dans l'église qui le protège,

Mais pour prier, tout bas, tout bas,
La pauvre Madone muette
De lui garder entier là-bas
Un petit cœur de midinette !

O vous, qui rimez, sans avoir
Souffert, des odes théâtrales,
Nous sommes morts pour le devoir,
Et l'on pleure les cathédrales !

Nous sommes morts, blessés divins,
Nos doux Christs sont brisés à terre ;
Et nos vitraux que les matins
Doraient, ne sont plus que poussière.

Un obus ! un obus géant
A ravi l'âme de nos cloches :
Tu ris, de jeter au néant
Tout ce passé, toi qui nous fauches,

Qui ne veux pas l'apercevoir
Que les églises sont honteuses
De tes gestes ; que dans le soir,
Pour leurs sœurs par trop malheureuses,

Les clochetons chantent là-bas
En Alsace, fort, sans vergogne
Des mots d'espoir ! N'entends-tu pas
Le cri strident de la cigogne ;

De la cigogne aux yeux surpris,
Voyant ton aigle encor le maître ;

Elle voudrait son nid repris
Par les Français qui l'ont vu naître.

Sois maudit, fol envahisseur,
Soldat de ta lâche Allemagne
Tu nous as frappés tous au cœur
Pauvres clochers de la campagne.

Lorsque tu passeras le Rhin
Qui donc, au malheureux village,
Sonnera dans le pur matin
Le nouveau-né, le mariage ?

Nous sommes muets pour toujours ;
Et sur nos dalles écrasées,
Ce qui fut de saintes amours
Sera des ruines embrasées.

Muets ? Non pas ! Lorsque trop las
Ton bras droit lâchera l'épée,
Les clochers morts, sonnant ton glas,
Revivront la grande épopée.

LA SOURCE ET LE POÈTE

I

LE POÈTE

La source chante, rit, gazouille,
Heurte du front, frôle et chatouille
Les roseaux amoureux du vent,
Le saule noueux et fervent;

Le vieux saule couleur de terre
Entouré par l'herbe. Mystère !
Quelle âme en ce bois vermoulu
Se cache ? Source le sais-tu ?

LA SOURCE

Je ne sais rien, je suis limpide.
Je cours ; et du monde perfide
Je ne sais rien. — Tout est joli
Reflété dans mon sein poli.

Regarde la génisse blonde,
La fleur qui germe par le monde,
Les nids renaissent. — Les oiseaux
Font pour leurs rêves des berceaux.

Je ne sais rien ; avril arrive,
L'herbe pousse au long de ma rive,
Le poisson file sur mes bords,
Les pêcheurs dorment sans remords.

Toute la nature est heureuse.
O Poète à l'âme fiévreuse
Sois en paix ! les nuages d'or
Sont de pourpre et d'azur encor.

Ce soir est la pure aquarelle
Qu'un ange brosse d'un coup d'aile.
Des fils de vierge dans les bois,
S'entrelacent, rompus parfois ;

Et la biche élégante et rousse
Piétinant la plus tendre mousse
Vers mon sein s'élance. — Vois-tu
Les ramiers verts ? Les entends-tu

Ceux des bois, des fleurs et des herbes ?
Tais-toi ! De tes grands mots acerbes

8

Ne les fais pas fuir ; ils sont doux ;
Et seuls les hommes sont jaloux !

Le frelon d'or, la demoiselle ;
Et la reinette, qui, fidèle,
Niche au creux de l'osier, ce soir
D'un concert me diront bonsoir.

Va-t-en ! Laisse-nous l'heure exquise ;
Va-t-en ! Je rêve, ris, me grise.
Je cours vers l'invisible amant
Toujours plus vite, c'est charmant ;

Et je n'ai pas, moi, l'asservie,
Ni regret, ni crainte en ma vie,
Mon aumône est baiser fervent
Au saule tordu par le vent !

II

LE POÈTE

La source glisse paresseuse,
Juillet la fait silencieuse.
La terre frissonne. Demain
On prendra le fusil en main !

Demain, les hommes face à face
Se dresseront ; la belle audace
Fera vibrer les cœurs joyeux,
Les cœurs jeunes, audacieux,

Fera trembler les cœurs des lâches ;
Et les doigts de tous ces bravaches
Qui seront plus tard, triomphants
D'assassiner quelques enfants.

Les Boches ! larves que la terre
Rejeta parmi sa poussière
Feront des splendeurs de l'été
Un enfer ! Qui donc a chanté ?

LA SOURCE

C'est moi la source printanière
Pleine de chaleur, de lumière ;
Le sein gonflé de lourds sanglots,
Éveillée aux tragiques mots.

Je t'ai vu, poète farouche,
Le poing crispé, toi, dont la bouche
Murmurait des vers argentins,
Pleurer, et puis joindre les mains !

Aurais-tu peur ? Serais-tu faible ?
Quand le soleil dore le seigle,
Mûrit l'épi, la grappe, on a
Tout le courage d'un Bara,

Toute l'audace d'une Jeanne.
Debout ! Votre ennemi s'acharne ;
La France aux mamelles te veut
Plus fort, plus grand, plus courageux.

Arme-toi d'un soc, d'une étrave ;
Et frappe-les au cœur en brave ;
Poursuis les monstres. Le flambeau
Qui t'éclaire c'est un drapeau ;

Le Drapeau de France, d'Arcole,
Celui, que sur le banc d'école
On t'a dépeint ; il est trempé
De sang et de ciel. — Si, trompé,

Tu murmurais des phrases folles,
Humanité, pitié, paroles
Vaines ! Crois-moi, les loups sont là ;
Le poing levé, pars et abats.

Tue encor, tue ô mon poète !
Pour te chanter la source est prête,

La source du vieux sol français ;
Crois-moi, va, je les connaissais.

Vampires aux têtes humaines
Nos terres hélas en sont pleines ;
J'ai, glissant trop dans le bonheur,
Oublié le lâche vainqueur.

J'ai pu m'abandonner, éprise
Au charme de France qui grise ;
Mais, je suis debout sans effroi,
Mon doux poète écoute ! Toi,

Tu seras le soldat qui donne
L'élan de toute sa personne ;
Et moi, je serai pour eux seuls
Le gué qui tisse des linceuls,

La source qui passe anodine,
Qui leur montre son lit, taquine ;
Puis, lorsqu'ils sont pris aux appâts.
Qui monte et ne s'arrête pas,

Grossit, emporte chevaux, casques,
Caissons, soldats chûs de leurs barques !
Je le vois bien fou de terreur
Ce vaincu se croyant vainqueur.

Nous les prendrons, ceux d'Allemagne,
Gris de l'orgueil, saoûls de champagne,
Nous les verrons Boches impurs
S'ouvrir le front aux cailloux durs.

Allons courage ! La nuit tombe,
Et je vais préparer la tombe.
Va, mon soldat, défends le sol
Des roses et du rossignol !

III

LE POÈTE

La source pleure dans les tiges
Des roseaux noirs lourds de vertiges ;
Ceux d'Allemagne sont passés,
Les arbres sont de grands blessés.

L'herbe rase au feu torturée
N'a plus de bestiole dorée.
Les fermes n'ont plus que des murs,
Et pour maîtres des hommes durs.

Sans cœur, sans pitié, la Patrie
Pour eux, est-elle donc pétrie
De bière et de choux ? Après tout
Ils ne sont pas encor au bout.

Chaque motte est la forteresse
Qu'il faut prendre ; ruse et adresse
Cœurs de Français, c'est tout cela
Qu'ils rencontreront,

LA SOURCE

Te voilà !

O mon soldat, jadis poète
Tu ne crois pas à la défaite :
On les aura, les loups cerviers,
Les lâches et vils éperviers.

On les aura. Vois ! La Nature
Est lasse d'être sépulture ;
Les champs ont, tassés jusqu'au cœur,
Des bras, des têtes. — Quelle horreur !

Notre terre douce et sacrée
Aura la pourriture ancrée.
Son limon sera tout leur sang.
Faut-il que le fruit mûrissant,

La fleur, le parfum et l'espace,
Des siècles, gardent cette trace ?
Faut-il que la glèbe demain
Garde les os blancs d'une main ?

Que le sol docile féconde
Le sillon ; la semence blonde
Aille heurter dans les os d'un mort,
D'un Français, d'un soldat qui dort

Son dernier sommeil ? Que l'outrage
Digne d'autre temps, d'un autre âge
Au vent jette le souvenir
Du mort qu'ils firent tant souffrir !

J'en ai vu partir des centaines
De nos soldats ! Bravoures vaines !
Que pouvaient-ils dix contre cent ?
Ils s'élancent, la mort les prend.

Je me souviens, qu'un soir d'automne,
Un soldat, pas encor un homme,
Se battait comme un fou, longtemps
J'oubliai qu'il avait vingt ans.

Il frappait d'estoc et de taille
Semblait le dieu Mars ; la bataille
Avec la lune s'achevait ;
Alors, le petit qui n'avait

Que le sang d'un autre à la manche
S'en vint poser sa lèvre blanche

Sur une lettre doucement ;
Ses cheveux noirs flottaient au vent ;

Il reposa sa tête lasse.
Il faut qu'un obus siffle et passe
Éclate et jette dans mes bras
Le petit comme un enfant las.

Depuis, je roule en mon calvaire
Un goût de sang âpre et de terre.
Dix, vingt, cent autres sont tombés,
Allemands lourds, torses bombés,

Petits Français dont les mains frêles
Étaient en moi comme des ailes ;
Et je roule et pleure fuyant
Le souvenir terrifiant.

De ton épaule fracassée
Tombe en mon onde plus lassée
Ton sang, ton jeune sang vermeil
Toi, dont l'esprit au lent éveil

Ne voulait pas les croire infâmes.
Tu les as vus, tuant des femmes,
Des prêtres, des petits. — Le soir
Est comme un immense encensoir.

Il monte au ciel tant de fumée
Que la lune est diminuée ;
On ne voit plus que les grands feux,
Et les âmes qui vont aux cieux.

Je crois sentir la main légère
S'abandonner dans mon mystère,
D'autres n'auront point de tombeaux,
Je t'ai fait celui de mes eaux.

Je t'ai donné, suprême couche,
Toute la douceur de ma bouche,
Tous les ors, les rubis sanglants ;
Et l'azur de tous nos couchants.

Toutes les aubes, les merveilles
Des algues douces sans pareilles,
Les roseaux sur l'étang songeur
Seront le poème vengeur.

Le luth aux cordes argentées,
Des nuits de printemps enchantées,
Les roseaux bavards de chez nous,
Cent ans diront : « Souvenez-vous ! »

Jetez quelques fleurs dans cette onde
Qui pleure en sa douleur profonde.
Poète, il tomba pour le sol
Des roses et du rossignol !

NUIT DE NOEL

Pendant la retraite, deux petits,
perdus, se tenant par la main,
fuyaient seuls sur la route.

Communiqué des journaux.

Sur le chemin interminable,
Semblables à des grains de sable
Deux petits marchent tout peureux !

Ils ont des mines étiolées,
De pauvres vestes bariolées,
Des gestes d'enfants malheureux.

L'aîné, sous le destin se voûte.
On a dû les perdre sans doute
Dans la cohue et l'ouragan...

Ils suivaient la lourde charrette ;
Et c'était pour eux une fête
Ce départ près de leur maman !

Et puis, d'un coup, la bousculade
Les a jetés contre l'estrade
Où jadis le fifre chantait.

« Allons ! En route petit frère »
A dit l'aîné, la mine fière,
Au petit, pâle, qui pleurait.

Ils ont marché tant de journées
Et tant de nuits, qu'abandonnées,
Leurs chaussures bâillent au loin !

C'est la nuit de Noël, sans neige ;
Les champs sont noirs, la route est beige,
Et les cailloux couleur de pain.

O manger, dormir, quel délire !
Ces mots, on ne doit pas les dire
Lorsqu'on est petit, et tout seul,

Sur le dur chemin de misère,
Sans appui, sans père ni mère,
Lorsque l'hiver étend son linceul,

Que l'ennemi poursuit, farouche,
La frêle enfance dont la bouche
Par la faim se tord ! Sans espoir

Les petits marchent. Noël passé ;
Que voulez-vous que cela fasse
Aux chemineaux du chemin noir ?

Mais si, pourtant, l'aîné soupire,
Et paternel, soutient, admire
Son frérot qui parle tout haut.

Blondinet, aux mains de froid mortes,
Qui pleure en regardant les portes
Des chaumières où l'on a chaud...

« Quand serons-nous donc au village ?
Je suis las, grand Pierre. » Sois sage,
Bientôt mon Jean, bientôt, demain.

Demain ? Et le petit rayonne ;
Il va plus allègre et chantonne
« Au clair de la lune ! » certain

Que se termine le calvaire ;
Et que demain, il pourra faire
Un long somme près de maman.

Tandis que l'aîné désespère
Et tout bas geint : « Mon Dieu, que faire ? »
Le petit rêve au dodo blanc.

NOS BENJAMINS

A la classe 1917.

Au revoir maman, ma charmante
Maman au tendre cœur d'amante.
Tes mains tremblent ! Je ne veux pas
Que tes larmes au premier pas
Arrêtent mon élan sincère.
Sois brave et forte ! toi la mère

Du louveteau, qui sent ses crocs
Prêts à faire de beaux accrocs
Aux tuniques sales et grises ;
Il rêve de coups et de prises,
De baïonnette et de canon,
Dont le cri terrible est si bon.

Dans les yeux doux, dans les mains roses
L'on verra de lugubres choses.
Il ne faut pas que le regret

En nos regards ait un reflet.
Il ne faut pas que ta caresse
Me garde comme une maîtresse...

Adieu mon père aux cheveux blancs.
Dans tes bras virils, confiants
Tes petits ont fait de doux rêves.
Je vais partir ; les heures brèves
A petits coups, jusqu'en mon cœur
Marquent des instants de bonheur.

Que pourrais-je faire à ta table ?
Quand, de la Flandre de sable
A l'Alsace, on se bat, on meurt,
Pourrais-je ici, sans bruit, sans heurt
Vivre et sourire, ma présence
Au logis me serait souffrance.

Les ans ont fatigué ton bras,
Ce geste tu ne le pourrais pas,
Ce geste qui fait le carnage,
Et qui jette jusqu'au nuage
Le sang exécré des bandits
Destructeurs des foyers chéris.

Si, partageant le sort des braves,
Je restais là-bas ! Soyez graves,
Ne pleurez pas sur votre enfant.

Je serai debout, triomphant,
Bercé dans les bras de la gloire
Pour la grandeur de notre histoire.

Adieu Père, je pars venger
Nos aînés morts, c'est abréger
Votre souffrance. Adieu ma mère,
Que ton baiser jusqu'en la terre
Vienne retrouver ton soldat
Qui rêve, espère et bien se bat.

A LA GLOIRE

Aux soldats de France.

Je rêve en écoutant le chant doux du berger,
    Glisser de colline en colline,
Ce chant qui fleure bon, la menthe et le verger
    Entouré de fraîche aubépine ;

Et je te vois venir, Reine du matin rose,
    O « Gloire », pour qui plus d'un meurt.
Tu vas, farouche, ayant sur cette triste chose
    Posé ton regard clair, sans peur.

Dans l'ouragan de fer, sous les cieux embrumés
    Planant, les bras chargés de gerbes,
Pour ceux qui sont là-bas, qui sont morts, nos aînés
    Ensevelis au fond des herbes.

Pour ceux, qui de l'azur font un champ de bataille,
    Devenus tout à coup vautours,
Rêvant de provoquer l'ennemi de leur taille,
    Et de se battre tous les jours !

Pour le sapeur saisi par un éboulement
     De cette terre que l'on sauve ;
Et pour les dragons noirs, qui meurent fièrement
     En la douceur de l'heure mauve !

Tu te penches sur eux ! je te vois maternelle
     Essuyant la sueur de sang,
Apaisant le frisson dernier de peur charnelle
     Que l'on a si près du néant !

Dis-moi, vers qui vas-tu ce soir ? Tes beaux amants
     Ont l'âme pleine de délire :
Ils sont terrés, mais vois sur tous ces fronts charmants
     L'étoile rouge du martyre.

Leurs yeux, tu les verras, agrandis de souffrance,
     Mais, pleins de toi, de ton amour,
Car tu sus conquérir les forts, la belle enfance,
     Les trop prudents en un seul jour,

Pour toi, le paysan en quittant ses sabots
     Prit le fusil en bandoulière ;
Et le moine éveillé par les tragiques mots
     Quitta l'ombre paisible, austère.

Le poète rima, bondissant à l'attaque,
     Un sonnet, poème divin.

Le chemineau laissa sa branlante baraque
    Au détour du premier chemin !...

Aurais-tu lâchement oublié notre offrande
    Disent les blessés douloureux,
Et parce qu'ils sont beaux, que la lutte est plus grande,
    Iras-tu seulement vers eux ?

Eux, les vainqueurs des monts, du froid, de la tour-
    Dont la neige étouffe les pas...   [mente
Vois donc nos flancs ouverts, et notre âme dolente,
    Si tu ne nous regardes pas !

Nous avons tous des droits ! Pour qui sont ces lauriers
    Geint le moribond sur la sente ?
Et la « Gloire » répond : « Enfants, jusqu'aux derniers
    Drapez-vous de ma robe ardente !

Au hasard des chemins, j'ai tressé la couronne
    Des joyeux vivants et des morts ;
Mes lauriers, chers soldats, tenez je vous les donne,
    Puis, je vous donne aussi mes forts,

Mes doux, mes longs baisers, ma tendresse apportée
    Pour tous mes amants généreux,
Qui m'avez aussi bien aimée et méritée
    Que le plus grand des valeureux ;

Et je ceins de mes fleurs vos fronts tièdes ou froids,
    Petits soldats de notre France,
Héros, qui sont tombés, dont j'ai senti les doigts
    Tisser le drapeau d'espérance. »

La voix s'est tue, alors j'ai vu grandir la gloire :
    Puis sur ses seins larges unis
Ceux qui font de leur vie une page d'histoire,
    Qui veulent nos malheurs finis,

Ceux, dont il nous faudra garder sans défaillance
    Les souvenirs chers et sanglants,
Lorsque, redevenus Français dans notre France,
    Nous pourrons bercer nos enfants !

                Châtillon-sur-Seine, 1916.

TABLE

DIJON, IMP. DARANTIERE.

IESPERE EN MON TRAVAIL

www.ingramcontent.com/pod-product-compliance
Lightning Source LLC
Chambersburg PA
CBHW070814250626
47170CB00006B/2100